Entusiasmo

ALEXEI BUENO

ENTUSIASMO

TOPBOOKS

Copyright © Alexei Bueno, *1997*

Editoração eletrônica
MIL Editoração

Fotolitos
Art Line Produções Gráficas Ltda.

Capa
Victor Burton

CIP-Brasil. Catalogação-na-fonte
Sindicato Nacional dos Editores de Livros, RJ.

B94e   Bueno, Alexei, *1963-*
Entusiasmo / Alexei Bueno. — Rio de Janeiro : Topbooks, *1997*
64 p.

Conteúdo parcial : O polo dionísico / Miguel Sanches Neto

1. Poesia brasileira. I. Título.

CDD *869.91*
96-1333   CDU *869.0 (81) - 1*

Todos os direitos reservados pela
TOPBOOKS EDITORA E DISTRIBUIDORA DE LIVROS LTDA.
Rua Visconde de Inhaúma, *58* gr. *413-20.091-000* – Rio de Janeiro – RJ
Tel: *(021) 233 8718* – *(021) 283 1039*

O Pólo Dionísico

Miguel Sanches Neto

> Quero beber! cantar asneiras
> No estro brutal das bebedeiras
> Que tudo emboca e faz em caco
> Evoé Baco!
>
> Manuel Bandeira

Entusiasmo é o terceiro estágio de um percurso que se iniciou com *A via estreita*, tendo como ponte *A juventude dos deuses*. Somente lendo este último livro podemos apreender a real dimensão do que está sendo representado nestes poemas longos e metafóricos que Alexei Bueno acrescentou a um horizonte poético pouco afeito a textos deste fôlego. Todos os livros têm uma estrutura parecida, pondo em cena um noctívago (as ressonâncias simbólicas da sombra não podem ser ignoradas na composição destes quadros) cindido entre o passado e o presente. Há sempre um confronto entre duas formas de percepção poética: o ver e o rememorar, o presente e o distante. Passando de uma para outra, surgem versos espraiados que representam o próprio ato de caminhar/pensar deste ser axial que se sente o ponto de confluência de toda a história humana. Por ser tudo, ele é também nada na medida em que a sua identidade é uma espécie de reflexo da totalidade das pessoas. A opção pelo discurso contínuo, portanto, está revestida de uma significação: remete à circunstância deste ser agregativo que se experimenta nos outros, evitando a compartimentação do poema que poderia funcionar como metáfora de identidades fechadas. Os seus, portanto, são poemas abertos. Tal abertura (de ordem semântica) pode ser lida até na opção de colocar este ser-esponja, que se embebe de tudo, em contato com a cidade e não preso em um espaço íntimo.

Estas características chamam a atenção para a natureza humanista, no sentido forte da palavra, destes três livros que compõem a trilogia que se fecha com *Entusiasmo* — momento de superação dialética da cisão entre o presente e o passado.

1

No início de *A via estreita*, o poeta nos apresenta um velho que percorre a cidade sem encontrar a sua casa. Logicamente, a palavra casa está carregada de símbolos, indicando que ele se encontra fora de seu espaço e, conseqüentemente, de seu tempo: "Os habitantes presentes, os habitantes extintos, os futuros que não lançaram um vagido / Nos dão as costas [...] / Não, não é aqui a sua casa" (Ode I). O ser desenraizado explica a própria condição itinerante destes poemas. Tudo está em trânsito. Nada consegue manter-se fixo, sequer no espaço.

Na figura do velho, Alexei Bueno cifra a sua maturidade antecipada. É talvez o próprio poeta (cultor de um passado clássico) que percorre o seu tempo sem encontrar sua casa natal. Sentindo de forma dilemática a separação com seus coetâneos, ele sofre também a separação entre os seres vivos e os inanimados, compondo assim um retrato do homem moderno como órfão de seu tempo, do passado e da natureza. A orfandade glosada em *A via estreita* é uma representação de nossa natureza solitária, principalmente nesta idade pós-humana. As imagens que perpassam o livro mostram-no como ser desprotegido: está sem nome, sem casa, sem vínculo com a matéria de onde veio e sem vestes. E sentindo uma nostalgia de tudo isso.

Para este ser abarrotado de memória, não só pessoal como histórica e, portanto, coletiva, o presente aparece como exílio. Resta-lhe desejar o retorno à plenitude que só será encontrada em uma outra dimensão. A sua luta é contra a falsa realidade concupiscente, à qual ele opõe um mundo de essência retido pela rememoração. A antinomia platônica da essência e da aparência vai fazer com que este eu semovente sinta-se apertado no aqui e no agora. Tal claustrofobia é o eixo-semântico de *A via estreita*.

Neste retrato, o homem figura para Alexei Bueno como monumento da orfandade, ligado contraditoriamente ao precário e ao perene. Sintonizado com o imponderável, ele se sente um alienígena neste mundo de fronteiras encolhidas. A sua situação problemática surge justamente do fato de ele saber que, enquanto homem, só lhe caberá o instante presente. Assim começa a Ode III:

> Pavorosa obrigação de estar aqui, agora, aqui
> Sempre exatamente neste lugar de ser, jamais além
> Onde outra fosse a nossa vida, como a do momento que não voltará,
> Como a do que não veio.
> Esta é a nossa hora.
> Aqui se inflam nossos pulmões,
> Camisa-de-força do instante intransponível!

O instante tem para o poeta uma dupla significação: é cadeia eterna e brasão glorioso. Sendo contraditório, instante eterno, o poeta nos apresenta como única possibilidade de permanência a existência plena do agora, nossa hora de ser.

A impossibilidade de edificar o ideal nesta areia movediça define um mal-estar nascido da oposição entre o precário e o perene ("substância eterna da efemeridade pura"), categorias entre as quais se coloca o viandante. Essas experiências antípodas encontram um paralelo em uma linguagem que oscila entre o pólo literário (numa verticalidade que chega, algumas vezes, às raias do hermético) e o prosaico (presente na horizontalidade de um léxico doméstico que não despreza os provérbios nem as vozes da rua).

Em só nos restando a areia, não existe outra saída senão fazer dela a nossa base. E o poeta nos lembra que "foi nos olhos de seus súditos, e não sobre as areias, que Quéops levantou o grande túmulo". A permanência, assim, está na história, na recordação do que foi feito. Mas também existe outra forma de se desafiar o precário: a participação espiritual no coração do eterno: "Caminhas aqui na noite, mas estás lá, lá, no grande quadrilátero de Quéops, / Esperando a aurora, que é em ti que nasce o mundo, / enquanto o cosmos explode e retrai-se em matéria, amealhando o espírito / Que somos — nós — no pulsar do coração divino!".

2

A juventude dos deuses amplia mais a área de atrito com o agora, explorando o abismo criado entre o ser humano e o títere, habitante desta era de quinquilharias eletrônicas. O ser axiforme continua sua viagem pela noite simbólica, destacando as diferenças entre o que o homem traz internamente e aquilo que traz junto a si. E isto se dá através do questionamento do conceito de tempo cronológico — eixo da sociedade consumista. A crença no progresso, visto sempre como aquisição de bens materiais, foi favorecida pela concepção de tempo fracionado que deve ser superado. A idéia de que um tempo ultrapassa o outro abriu caminho para o consumo na medida em que um objeto mais sofisticado torna obsoleto o anterior.

A juventude dos deuses busca reeducar-nos através de um verbo filosófico. O eu itinerante vai se revelando ao revelar os aspectos de uma existência reduzida ao confinamento no agora. O mundo pelo qual ele passa tem como deuses as quinquilharias da barbárie: a geladeira sofisticada, a televisão de última geração, o computador... O culto a estes novos deuses, cuja obsolescência é gritante, define o apego inconsciente do homem moderno ao envelhecimento, à morte e à falência. É contra esta forma estreita de habitar o abismo da existência que Alexei se rebela.

No primeiro poema já fica definida uma verdade que vai permitir que o poeta itinerante empreenda a sua cruzada moderna, uma cruzada que se dá na dimensão temporal:

> Tudo que passou
> É mentira
> Porque o que é o ser
> Não pode nunca mais deixar de sê-lo.

O tempo histórico para ele inexiste, não havendo passado enquanto estágio divorciado do aqui e do agora. Ao propor que tudo foi criado neste instante, o poeta recusa a idéia de superação. Sobre este alicerce funda-se toda a poesia de Alexei Bueno, poeta que repõe em circulação uma forma literária e valores com raízes na antigüidade, mas não uma antigüidade vista de forma distanciada, como um aquém longínquo, e sim como um tempo sobreposto ao presente, amalgamado a ele de maneira indissolúvel, embora oculto.

O trabalho do poeta é justamente propiciar uma fissura no cotidiano que permita a fecundação do presente pela semente mítica de um tempo que, nunca tendo passado, é visto como cíclico, em permanente condição de retorno. Esta idéia de circularidade pode ser vista também na definição do ser-eu proposta no livro:

Há um obscuro ser-eu que é sempre o mesmo
Em nós, no vendedor de loterias e no pinguço que dorme.
Por ele estaremos condenados, provavelmente, à ressurreição perpétua, ao inferno
Das transmigrações infindáveis [...]
Eu e o que ronca lambido por um cachorro somos um só.

Se o próprio eu é algo que se manifesta ubiquamente em vários espaços, formas e tempos, não existe nenhuma separação entre ontem e hoje — sendo a existência um todo que se encontra em ebulição neste sempre eterno agora.

A vida presente, uma vez dissolvida a noção de tempo progressivo, fica reduzida a espaço de passagem. Não há nela a razão de uma existência que, na visada do tempo histórico, teria como objetivo alcançar, num devir terreno, uma condição paradisíaca. Para o poeta, a vida é um hotel, estado transitório que só encontra sentido em outra dimensão. Tirando-lhe, portanto, a condição de finalidade última, Alexei Bueno está vendo o presente como um delta para onde confluem todas as formas de vida, numa visão cíclica do tempo que rompe com os fundamentos da sociedade materialista.

Nesta viagem pelo cotidiano, que é uma profunda experiência filosófica, o poeta, em um transe criativo, abre o agora para a entrada triunfante das divindades. Assim, fazendo-se ponte para o olvidado vivo, ele anuncia, no fim da trajetória que conjuga passado e presente, a entrada daqueles que inaugurarão uma nova dimensão: "Que tudo cesse! Os deuses querem passar por aqui" (p.64).

Como o tempo é vertical, os deuses — sempre tidos como manifestações de uma era superada — são atualíssimos. Daí a sua juventude. Enquanto as conquistas materiais do homem estão entregues a uma morte acelerada, esta essência mítica da humanidade continua sempre jovem, disponível para a fecundação do percurso terreno.

Colocando tudo isso em termos mais concretos, poderíamos ler no que até aqui ficou dito a defesa de uma noção de arte que projeta como moderna uma poesia que, enganosamente, tem feição antiga. Rompendo com a horizontalidade das concepções literárias, Alexei Bueno reivindica uma modernidade que está além das delimitações históricas.

3

Entusiasmo, terceiro círculo desta viagem, opera a positivação da dimensão temporânea. Se nos dois outros livros manifesta-se um profundo sentimento de inadequação, de orfandade, neste brota a aceitação total do tempo que lhe coube viver. O poema abre e fecha com a mesma idéia de comunhão: "Roçam-se em mim, incontadas, as vidas todas - e as vidas de cada vida". Isso desencadeia um distanciamento das referências mitopoéticas elevadas que estejam separadas das manifestações mais rasteiras. O que já aparecera nos seus últimos dois livros é radicalizado aqui. A linguagem culta só tem sentido quando sincronamente dispersa no agora. A idéia de pureza, portanto, é incabida nesta fase poética de Alexei. Ao contrário, a sua matriz é justamente a contaminação, o choque dos opostos: "Não quero a pureza de nada. Não quero / As palavras — palavra, coisa insignificante, / Detida nas alfândegas, valetudinária no tempo, diversão dileta / Dos impotentes. Quero a visão". A fecundação mítica do sórdido revela que *Entusiasmo* ultrapassa o horizonte de referência apenas livresco, voltando-se para a realidade vivenciada, onde cabem o grotesco e o escatológico. Biograficamente, o poema está ligado ao período de boemia do poeta na noite carioca. Só isso já define um contato muito maior com a pele do agora. Esta opção faz com que, sem abandonar sua dicção e seu estilo metafórico, Alexei empreenda um mapeamento do instante, cuja fugacidade aparece na própria instabilidade dos encontros na noite. Com o entusiasmo de quem "apreende o mundo", ele conjuga carnalmente o verbo. Neste longo poema opera-se uma definição do poeta como ser da visão, que elide a distância entre o passado e o presente a partir da montagem de uma obra híbrida em que tudo, presente e passado, matéria e espírito, vida e morte, converge para um texto plural.

O sentimento característico do presente livro é, por isso, o de uma certa euforia, em que o poeta enquanto homem assume uma posição destacada, deixando em segundo plano o artista que pronuncia as altas palavras: "Estou de uma sinceridade absoluta, estou despido / Como nunca estive, depois de um demorado aprendizado".

O conceito do poeta como esponja, leva-nos a pensá-lo como ser que se embebe de outras vidas, que se embriaga com as diversas existências plasmadas por seu olhar. Este último poema marca, dessa forma, uma mudança fundamental na própria concepção poética de Alexei Bueno. O seu deus não é mais Apolo e sim Dioniso. (Isso pode ser visto até na opção, neste tríptico, por versos livres, desbragados). *Entusiasmo* é, portanto, o momento da consumação de uma entrega ao poder dionísico, iniciada em *A via estreita*, depois de uma trajetória marcada por um caráter apolíneo. O poeta se entrega ao furor báquico, à festa, aceitando dançar na borda do abismo. Daí o instante ser visto como praça central da embriaguez:

> Vou bebendo, na praça milagrosa
> Da assustadora festa do que foi,
> O vício ofuscante,
> O incompreensível,
> Insidioso, embriagador, inelutável,
> Estranhíssimo vício de viver.
> [...]
> Dançamos. Dançamos. Ei-las, as boas palavras.
> Ei-la, a embriaguez.

Do velho, que não se encontra na realidade concupiscente, ao jovem boêmio, que se embriaga com o imediato, o poeta consegue uma cidadania no torvelinho do instante. Ele se entrega dançando diante do nada. Lembre-se que Dioniso, deus ligado à juventude, perturba e transtorna a ordem das coisas — o que liga *Entusiasmo*, onde se manifesta o deus da juventude, ao livro anterior.

Estamos diante de uma composição que busca simbolizar a conexão mítica dos seres entre si e destes com o mundo, na tentativa de alargar a estreiteza de um aqui-e-agora que confina e atrofia o ser humano. A dança é a metáfora desta comunhão. Com tal postura, a poesia de Alexei Bueno deixa de ser histórica, geográfica e esteticamente tida como distanciada para assumir as impurezas de seu tempo. Não há, entretanto, uma entrega passiva ao poder subversivo da dinastia báquica, mas a busca de uma hibridez: o dionisismo instaura um equilíbrio tensionado que lhe dá o imprescindível contrapeso à ordem apolínea. Logo, esta trilogia poética representa a história da aceitação dilacerante destes elementos contraditórios, o que concede ao poeta, apesar da raridade e elevação de seu verbo, o direito de habitar a contemporaneidade.

Ponta Grossa, *25.6.97*

Entusiasmo

Na noite ninguém é de ninguém.

Provérbio da Lapa.

Roçam-se em mim, incontadas, as vidas todas — e as vidas de cada
[vida —
Como um turbilhão de pássaros que o vento assopra no mar queixoso.
Mas *em mim* não existe, o eu foi deixado há muito tempo,
Longe, como um par de sapatos domésticos de viajante,
Abandonados, por uso excessivo, numa cidade qualquer.
Não sou, sou o oco, sou o ar onde os pássaros se movem
Pelas brincadeiras do vento. Todos vêm a mim, todos fogem de mim,

E de *eu*, que restou? Estou impuro, estou imundo
Das crostas do existir a vida, como um que se erguesse de dentro de
[um pântano,
A lama a soterrar-lhe as formas. Sou o oco da estátua de bronze
Antes que o metal escorra. Não quero a pureza de nada. Não quero
As palavras — palavra, coisa insignificante,
Detida nas alfândegas, valetudinária no tempo, diversão dileta
Dos impotentes. Quero a visão. Não há eu nenhum neste oco da
[árvore hiante do havido.

De quanto vi resta-me uma dúvida até mesmo de o ter visto,
E nem o ângulo único dos meus olhos me pertenceu, diverso
Do ângulo do ator do gesto que me viu passar, pois ambos passamos,
Sem volta, pela rua geral do aniquilamento de tudo.

Que falaremos da vida? Pegamo-la
Um dia, entre os dedos, como um objeto estranho,
Um regalo inexplicado e indevolvível.
Viramo-la para cá, para lá, colocamo-la de ponta cabeça,
Tentamos dizer as altas palavras, mas o que restava,
Descontada toda a dor, era o absurdo injustificável do único real:
[o instante.

Lembro-me, faz muitos anos,
Na esquina de Relação e Inválidos,

De um mendigo gesticulante e hirsuto defecando na calçada.
Ah! incancelável,
Incancelável como os cruzeiros noturnos do imperador Luís II da
[Baviera,
Incancelável como a procissão triunfal de Tito voltando da Judéia,
Incancelável como a quase-coroação de Tasso sobre o Capitólio,
Incancelável como a chegada do Gama em Calicut, incancelável
Como a explosão obscura que arrancou a lua do corpo da Terra.

Algo existe.
Existe, e é este o único mistério.
Todo o resto é nada, a origem dos etruscos,
O destino do Delfim de França, a identidade do Estripador,
As pálidas feições do Máscara de Ferro, o fim da família do Czar,
A tumba de Alexandre, a autoria do incêndio de Roma, os caminhos
[do sudário de Cristo,
Tudo é nada, nada, nada
Perto disto *ser*,
Agora.

E este agora perene pulsa, neste instante,
Como um imenso colar de contas enfiadas
Absolutamente perpendicular aos nossos olhos
Onde só a última conta se vê, e por um átimo,
Antes da próxima, embora todas existam, na extensão oculta.

Estás lá, estas lá, olhando-me e falando
Na esquina de Relação e Inválidos, anônima figura que retirei das
[trevas.
Não sei se vives ainda, nunca me agradecerás a tua duvidosa
[imortalidade
Na feição destes versos, e ainda assim por ti,
Por ti, de quem não sei a mãe,
Por ti, de quem não vi o sol sobre a casa natal,
Por ti, de quem não desvendei os caminhos da loucura
E o longo mapa traçado ao acaso pela labiríntica cidade,
Por ti, de quem não ouvi a gargalhada, nem fitei os olhos aumentados
Mirando a lua coada através de um copo de aguardente,
Por ti, de quem talvez um cachorro tivesse se enamorado na noite,
Por ti, que talvez dançaste entre as portas condenadas,
Por ti, de quem não sei por que ausência talvez uma lágrima correu,
Hei de ser apupado, quem sabe, como indelicado ou de mau gosto.

Pulsa, pulsa no meu coração, o fio dos segundos que perseveram.
Tudo que houve se desmentiu, tudo criou, perene,
Um corpo monstruoso que vive e que não é, o corpo do que não é o ser.
Andamos dentro dele, vazios de toda a cognição e toda a verdade.
As ruas todas do mundo, os atalhos, os becos, as estradas
São as veias e as artérias do seu corpo inapreensível
Onde escorremos, no nosso peculiar ritmo de insetos
(Se nos vêem de muito alto), como um anêmico sangue que se desfaz
[julgando viver.

Não há eu em tudo isso. E que falaremos da vida?
Existe uma hora, é certo, em que um furor de embriaguez salta dos
[nossos olhos.
Se o acendêssemos para sempre, se vivêssemos
Por ele tomados até batermos trôpegos às portas do Mistério,
Da saída dele, talvez, já que é aqui que ele se expande,
Se os nossos olhos da infância se voltassem para nós
Fulminando-nos de grandeza e de vergonha,
Talvez algo pudesse acontecer. Ah! olhos dos meninos
De onde nunca nenhum dos sonhos foi cumprido,
Só vocês, apenas vocês não se fundiram no corpo enorme que se nega,
Apenas vocês existem
Pois, não tendo nunca visto a esperada luz de um dia,
Não mergulharam jamais no sonho terrível do que *foi*!

Penso, eu que não existo, agora, no ator transformista Vanderli
Cantando a *Balada dos loucos* na boate turbulenta.
Infinita graça que se foi, trapos e panos lantejoulados se rasgando
No número portentoso,
E as pequeninas contas rolando, refletidas nas garrafas,
Cheias de luzes, como átomos ou astros no tabuleiro torto do Acaso.

Ei-lo em mim, e ambos inexistentes,
Ambos dados atirados pelos dedos inábeis do azar,
Milagrosamente, absurdamente aproximados entre as vicissitudes do
[Universo

Num canto qualquer, entre construções assim, entre fachadas assim,
                              [entre aleatórios estilos
Que emigraram com povos e conquistas e guerras
Para o mesmo lugar nenhum que é um lugar qualquer.

Amo-os todos, pela dificuldade absurda do encontro,
Pela possibilidade antiestatística da coincidência na história dos
                                                    [mundos,
Esses semblantes que conheci, eu que não existo.
Dançam todos dentro de mim,
Glóbulo vagaroso na veia tenebrosa do que foi,
Eles e o resto, Haendel chorando sobre as notas do *Messias*
Mais o desgraçado da velha esquina, e o ator transformista Vanderli
Com sua graça infinita, numa gargalhada estatelada nos desvios do
                                                    [tempo.

Estou cheio de tudo.
Eu não existe neste vácuo milionário em que fervilho.
Tudo roda, as aves vertiginosas, no meu corpo
Que estende as mãos para qualquer embriaguez possível na Taberna
                                                    [do Mistério.

Pasto dos homens, cansei-me de ti!
Role o mundo para onde rolar, como a bola de uma roleta onde não
                                                    [participo,

Sua trajetória não me interessa. Sairei em breve. Tudo é sempre breve.
Breve é a eternidade, e o egoísmo metafísico me paramenta como a
[um rei.

Que desça sobre mim, isso sim, o grande brilho da embriaguez,
O que levita os santos e incendeia a fibra dos heróis,
O entusiasmo dos que apreendem o mundo, a fúria dos que olham os
[deuses,
Desça até aqui e me leve, como a um Ganimedes nada gracioso,
Para onde o mistério hiberne em silêncio até a sua queda ou até coisa
[nenhuma.

Quais são, relembrando tudo, os momentos plausíveis da
[humanidade?
O que pesam as horas de glória na balança viciada de todas as vidas?
Isso lá existiu? Quantos Versalhes e sagrações em Reims preenchem
[a alma do Monstro absurdo
Que o colar perpendicular dos segundos extraiu de nós?
Ah! porteiros entediados, olhando a rua através das grades,
Cópula costumeira dos párias horrendamente feios,
Vértebras doloridas dos carregadores de sacos, esclerose dos velhos
Comendo ar nas saletas escuras de subúrbio
Onde a luz não se acende para não aumentar a conta
E onde se lê numa estampa ordinária: *Maior que o universo é o*
[*coração das Mães!*
Excursões campestres ou religiosas de empregadas domésticas, toque

De cobradores na campainha, enquanto em casa todos silenciam,
Descaminhos noturnos do que eu vi na esquina, último crepúsculo
Do caricato cômico através de uma persiana com as tiras arrebentadas.
Por certo não foram isso as horas de Maratona. Quantas vidas
Tiveram sua Maratona? Quantos olhos
Viram as costas dos persas abalando no desespero vexaminoso?
Quantos albaroaram barcos em Lepanto? Quantos projetaram
                                 [cúpulas contra o céu?
Velho ourives quase falido tendo a loja assaltada às seis e dez da tarde,
Antes tua é que é a verdade. Que não me invectivem o amor pelo reles,
Tudo é reles para algo que brilha, tudo é o mar em volta
Para que no meio se afunde a taça do rei de Tule.

Estou de uma sinceridade absoluta, estou despido
Como nunca estive, depois de um demorado aprendizado.
Parca vida cheia de reflexos de ouro. Alexei, quantas catedrais,
Kremlins e arcádias poderiam estar bordados entre as letras desse
                                 [nome
Onde não há mais eu? A brincadeira acabou. Foi-se o prolixo conto.
Meu coração é as pedrinhas da rua, por onde todos os sapatos
                                 [retornam.
Caem sobre ela o áureo das janelas e o argênteo dos postes
Bem como pacotes vazios de pipocas e telefones de importunos
                                 [amassados.
Amo pletoricamente tudo isso. É esse o entusiasmo
Aguardado na estação de espera do Mistério? Amo como um louco
Cada grão de pó, cada pináculo do meu tão íntimo labirinto,

Mais quantos foram extraídos junto a mim, sem sorte nenhuma,
Na loteria cronológica da mesmice humana.

(Mistura de água e pó a que imporão um nome,
Explosão estruturada das matérias mais pobres, que verá
Num domingo, em um pombo atropelado, a própria substância—
E a criança espia longamente a quietude rubra de penas eriçadas—
Basílica sobre um alfinete, imensidão periclitante, via-láctea
De desígnios invisíveis num suspiro, mas tão rápido,
Tão rápido, tão rápido, tão rápido...
Saímos de viagem e não chegamos. Esquecemos
Onde era a nossa casa e a que terra iríamos chegar.)

Esses são os pássaros que o vento enreda na minha alma
Transformada em oco, vácuo, espaço, espelho.
Mas aos outros não amaria menos. Ah! os dedos
De Cleópatra desfazendo pérolas no vinagre louro.
Sinto-os neste instante em movimento. Ouço as batidas
Das pedras com que mãos peludas fazem fogo.
Vislumbro o Monstro. Vislumbro-o
Com cuidado extremo e como se me erguesse no ar
Ou então no sangue.
Há um acúmulo absoluto, neste momento, dos eventos todos desde a
[inauguração da horas,
Tudo está aqui, como uma pletora, uma apoplexia, uma ameaça inútil
À entidade ciclópica do existido, cortina inoportuna do Mistério,

E tudo é venda, véu, fumaça, cerração, neblina
Como em nossa vida os fios de bicho-da-seda do que fomos,
Opaco casulo que, nos envolvendo, nos refaz partidos
E de onde nada de alado nunca sairá.

Mas algo há para ser visto. O que somos nós, poetas,
Senão os que abriram os olhos demasiadamente no lusco-fusco das
[ruas?
O que somos nós, senão os que se despiram
De todas as roupas acumuladas, dos panos da infância ao ataúde
[futuro,
E arregalaram os olhos em plena nudez entre a multidão distraída?
A nós a dor das pedras. A nós o desgosto.
Dos galos de catavento que enferrujam rangentes sob a chuva eterna.
A nós a entrada pelas portas fechadas, pelas salas a que não nos
[convidaram,
Para dentro das missas de quem não conhecemos,
Nos batizados de quem não soubemos nascer, nas festas em que
[ignoramos o que se comemora,
A nós a intromissão absoluta, a inconveniência, a curiosidade
[insaciável,
O amor pelos corpos impossuíveis, a volúpia pelos extintos ou não
[surgidos,
A nós, os exploradores temerários do corpo do Monstro do que foi, a
[traição
A ele, com a sua sombra branca, a do possível.

Isto fomos no meio das praças. A tela onde nada foi pintado.
O livro que ficou em branco. O espelho que não refletiu.
Eis-nos, o interregno. O vácuo que usa calças. A inexistência que
[espera.
O segundo que nenhum relógio contou entre as buzinas dos carros.
O ponto extremo entre um átomo e outro, entre a sucessão e o perdido.
Nossas musas? Os cacos das compoteiras quebradas.
Os sapatos velhos enforcados pelos cadarços nos fios elétricos.
Pernas de bonecas róseas nas valetas das ruas nossas musas.
Nossa musa o sorriso do vendedor de confeitos que não voltou um
[dia.
Nossa musa os gritos dentro dos ônibus amarelando o rosto da
[madrugada.
Noventa musas. Nove mil delas. Nove milhões. E em nós
O oco apenas, escotilha aberta de um navio que naufraga,
Caixa escura de uma câmara sem filme,
Útero do segundo único que impera, onde se gera, imponderável,
O amor, guerreiro invicto, o amor, filho bastardo
Do Monstro do que foi com a virgem que o despreza, nossa alma.

(Há um universo inteiro talvez em uma taça partida,
Em um retrato sem nome,
No vestir-se em sombra de uma mansarda sob o sol.
Doemo-nos dos objetos. Nos pratos mal ornados,
Nos quadros canhestros, nos cristais com bolhas, nas estatuetas
[ridículas
Quanta úmida piedade para os nossos olhos. Ah! salvar da morte

Como um Cristo descido ao Limbo todas as formas que luziram um
[dia,
Salvá-las do feio, salvá-las do reles, salvá-las do pouco,
A elas, a nós e a tudo! Onde te escondes, Glória, entre as esquinas?)

Eis nosso pecado original. Vimos demasiadamente
Enquanto todos passavam. Vimos sobre os prédios
A montanha antropomorfa das sensações todas que nos abrasaram.
Fomos a multidão, fomos mais promíscuos que as putas mais baratas
Quando o dinheiro acabara e o aluguel do cortiço ia vencer,
E não mentimos nada.
Em pleno salão dourado não mentimos nada.
Perante os generais e os cardeais, perante os papas e as amadas não
[mentimos nada,
Perante as academias e os enterros, perante os tribunais e os
[professores não mentimos nada.

Ei-la aí, a verdade
Como um vácuo estatelado pingando dos nossos olhos.
Aquela, por quem Pilatos perguntou inutilmente,
Aquela, procurada pelos bonzos, os faquires e os dervixes,
Aquela, extraviada nos livros, nos telescópios e retortas,
Ei-la aí, brilhando, como lágrimas talvez brilhassem
No espelho espantado das nossas íris sem amparo.

Entra, madrugada,
Por esses dois cristais inúteis que conhecem e não formulam.
Entra, hora mais limpa do dia,
Mais distante de todos os homens,
Por esses dois portais imensos de onde escorrem
As fundas águas que os protegem,
Entra e reconhece, enfim,
Onde tudo desapareceu,
Entre um turbilhão de faces e de nomes que não vivem,
A ti mesma, do outro lado.

Lá, na escória disso tudo, lá, no Monstro
Opiparamente ausente do perdido,
Lá, onde nasce o Amor, como uma roseira sobre restos de sonho,
É onde grita o ator caricato Vanderli
E as manhãs todas que se ergueram sobre o mundo.
Há um bêbado numa ruela de Bruges, numa balaustrada.
A cidade vive nas águas, só ali ela vive, e pequenos peixes penetram
Nas grandes janelas vazias, saem dos postigos, mordem as estrelas.
Um essênio barbado lava dos seus pés a poeira do deserto
E numa carruagem, margeando o Sena, um grão senhor da Bolsa
Bolina uma bailarina loura que se esquiva.
Sob o céu de Selinonte, músculos suados contra o mármore
Vão abrindo uma métopa. Ácteon nasce pouco a pouco
Com os cães que o devoram, sob o olhar de Ártemis.
Em Ifé, um rei sangra um boi para um rosto de bronze que irradia.
Um cheiro de ópio dança entre os ramos das cerejeiras tremulantes.

Tudo agora. Como ele se ergue, sobre as montanhas,
O sonho adiposo e cruel da soma turva das vidas!

Quando a beleza se foi, que nos restou além de ti, verdade?
Sem os aurigas coroados sob o sol, ficou-nos a nudez dos nossos
                                                                                    [olhos.
Neles, sem templos nos promontórios, sem catedrais entre ciprestes,
Sem os zimbórios de ouro, as arcarias de névoa, os coruchéis
                                                                                    [sangrentos
A dura e plácida face do Universo
Onde nunca ruga ou sulco foi marcado,
Onde nada aconteceu.

(Meu perdido e nobre amigo, quando estouraste o crânio de tua
                                                                                 [mulher e de teu filho
E, após explodir o gato em cima da geladeira, estouraste o teu,
Para que segmento deste enigma imaginaste entrar, ou teus olhos
                                                                                      [entreviram
A miragem da inexistência? Ah! quem nos dera inexistir!
Esse, dos sonhos todos, e é duro falar isto,
É o mais grotesco, o mais bizarro, o único que infelizmente não
                                                                                   [poderá acontecer.)

O que somos e o que não somos, quem poderá supor?
Sem as escadarias do sobrado, sem aqueles olhos de jade,

Sem o jardim atravessado às pressas, sem a bebedeira sobre o rio,
E o rato de estopa que um malvado rasgou, que resta? Mas nem olhos,
Nem ratos, nem aléias, nem degraus, nem frisos
Que o luar lambe são-te. Súbito relâmpago
Que alegra a noite, o que és
Na história do Universo? Nós, quem sabe,
Dormimos.
Não há vigília alguma deste lado. É de um sonâmbulo
O falso rosto divino que entrevemos, na verdade
Só o do Monstro. Invicto.

E então, quando esta ficção se pergunta que oferta poderia ela dar
Às sombras outras que a secundam, que pequena oferenda
De suas mãos ornaria um pouco o altar onde os mundos se sacrificam
Perante um deus que é a sua ausência, quando ela tenta
Retirar das suas entranhas de vento o singelo legado
Do amor, seu padrão de conquista antes de resvalar nas trevas,
O que receberia a vida de mais sem valor, de mais gratuito, de mais
                                                  [obscuro
Talvez que estas palavras? Mas se um único as acolhesse,
Um outro que a seu modo não foi, tudo se cumpriria.

Há uma demanda sem esperança e sem intervalo que nos concerne:
É esta. E pelos salões marchamos, pelos becos,
Pelas vertentes verdes dos morros, pelas quermesses, pelas
                                                  [necrópoles,

Nas festas de crianças, onde o além se empavona como um fantasma,
Marchamos. E cada reflexo de sol nas palmas,
Cada Vênus de bronze nas fontes à tarde, cada sorriso de filho
Com seu inqualificável perfume, cada moeda perdida, cada inseto
Que a sola estala inadvertidamente nas ladeiras escuras
É enfim outra coisa. Tudo é outra coisa. O que vivemos
É o que não somos. O que desde sempre ocorreu com toda a carne do
[Universo
É o que não é. É o Monstro. A dor circula dentro dele. O amor escorre
Como um aroma da sua pele. Maior que ele. Anterior a tudo.

Abre, vaga e branda alminha inidentificável, a profusão das portas.
Invasora de domicílios, ventanista de alcovas, *persona non grata* de
[alegrias,
Vai e fareja, para odiá-los, os corpos alheios que estrebucham,
Sente os espasmos que não causaste, os gozos que não sentiste,
Ampara, nos hospitais, as dispnéias de quem não conheces,
Chora pelas agonias anônimas, pelas faces hipocráticas sós, pelos
[últimos suspiros dos macróbios,
Entra em todas as salas, espiona em todos os quartos, escancara todos
[os armários,
E os banheiros, e as gavetas de roupas íntimas, e as cédulas escondidas
[nos desvãos,
E os retratos de amantes dentro de livros, e as cartas de adultério em
[escritórios,
E os álbuns de retratos dos mortos, e as flores fanadas entre versos,
E os baús com os brinquedos esquecidos de crianças,

Entra por dentro de tudo e vê, afinal, mais pobre ainda,
O quanto tudo é alheio aos próprios senhores, aos próprios autores,
                                        [às próprias vidas,
Tão alheio quanto a ti.

E então avança, conquistadora inexpugnável, para o teu graal de
                                        [sombras,
Avança contra o Monstro, mais vazia que todas as madrugadas.
Teus passos soam no calçamento, canto de guerra triunfante e frio,
Única música fiel aos homens: dois pés que se sucedem no deserto.
Ah! canto de glória, responso mais perfeito, hino que jamais nos trairá.
Avança. Não há outros sapatos sobre o asfalto como os teus.
Há morcegos que guincham. Uma chave que cai. Uma querela ao
                                        [longe.
Por certo na distância dançam. Mas aqui só teus pés esfolam
A pele grossa do Universo. Avança
Direto contra o Monstro, pois as fachadas e os cartazes
Entram pelos teus olhos como por um espelho cego.
Roças o Monstro sem te confundires. Pisas sobre as águas.
Não estás aqui, mas andas. Provam-no os sapatos. És.

Nossos mortos todos são sua substância. Somo-la nós mesmos.
Somo-la até o limite do que tomba. Nossos avós fluem
Em valsas e lutas pelas suas veias, com diversas roupas.
Nosso último passo já é uma sua escama. Enroscam-se em seus sonhos
Os inspetores de colégio, o dublador transformista Vanderli

E a baba auroral que as portas dos bares cospem sobre as ruas.
Avança, forma obstinada, és a hemorragia
Que ele bebe feliz. És na verdade apenas o lapso que não escorre de ti.

O Universo é nossa saudade
A condensar-se no nada eternamente.
Pasto de remorso
Onde a rês da memória rumina entre as estrelas.
Haverá uma porta? É ela
Que abraçamos em sonhos.
É ela que aparece às vezes velada, junto a corredores que não
[terminam,
Indicada pelos dedos de nossas avós que seguram bules de chá.
Ela é que se materializa de esguelha, no ínfimo de um segundo,
Pelas avenidas prateadas, numa fachada onde nunca existiu.
Ouvimos seus gonzos nas noites de febre. O rinchar de seus quícios
Era o do nosso berço azulado. Ela balança, como um leque, refrescando
Os suores de nossa angústia. Ela, a prometida dos profetas,
A entrevista pelos videntes, a encontrada pelos loucos,
Há quanto nos acompanha? Foi por ela,
Talvez, que entramos. Seus umbrais
Roçam sempre nos nossos ombros quando já passamos.
Atrás de suas almofadas de muitas formas ouvimos vozes que se
[atropelam.
Existirá, enfim? Que desvio
Nos arrancará do plúmbeo amor que nos erige e da hera de dor que o
[cobre?

O Monstro fenomenal, opíparo,
É o nosso próprio coração.

(Menino que trouxeste da praia um peixe já morto achado sobre a
[areia,
Jogaram ao lixo teu tesouro brilhante, e choras desesperadamente.
Há anos choras as mesmas lágrimas. Teu peixe *de verdade*, que é feito
[dele?
Jogaram-no fora, e era *de verdade*!
Ah! teus pais culpados, nesta terra onde as coisas fedem,
Que poderiam afinal fazer?)

Haverá, quem sabe, um lugar
Atrás de uma porta impossível,
Onde despidos do amor e da dor veremos as coisas limpamente.
Que coisas seriam, no entanto? E pode lá haver coisas
Sem que o anelo e o sofrimento nos concebam?
Ah! se víssemos claro
Sem embriaguez ou fuga as formas que nos enredam —
As que seguramente não poderiam nem deveriam existir —
Que veríamos? Moramos no Monstro.
Habitamos nosso coração numerosíssimo.
Só ele resta, acabado o baile, após a partida dos mascarados.
Entre as serpentinas, os copos quebrados e os sapatos perdidos
No salão deserto
Só ele resta.

Só ele fica depois da retirada da feira, entre os caixotes partidos e as
[verduras velhas.
Só ele continua na igreja deserta, uma vez que a procissão saiu.
Em tudo que se esvazia,
Em cada caixa oca que se fecha,
Em cada apartamento de finado de onde levam os móveis,
Em cada arca de criança após doarem os brinquedos para um
[orfanato,
Em cada loja trancada depois da falência e do leilão para os credores,
Em cada casa que se vai demolir
Só ele fica.
Com ele marcamos, a cada instante, o tabuleiro dos nossos passos.
Mas seremos nós apenas isso, por mais que isso
Nos pareça enorme?
Vamos, andemos, andemos, peregrinando entre fantasmagorias
Das quais não sairemos enquanto o que somos,
Mendigos de uma embriaguez qualquer, que seja como um raio,
Neste plaino turvo,
Da beleza dos deuses que nos sopra as brasas frias da vida.

Como assaltar, avassalar enfim, a miragem fortificada
E viva que está dentro do nosso peito?
Peço a ajuda das sombras
(Eu que não existo) que há tanto cultivo.
Estendo as mãos às ficções que foram e que sobrevivem na ficção que
[sou.
Olá! Eis-me aqui, entre as vagas,

Flutuando ainda, o companheiro de viagem do navio que naufragou
(E naufragou a cada segundo).
Embriagar-me-ei dessas vidas todas,
Das outras sobretudo, das outras principalmente, das fora do limite
                                                                              [da consciência,
Das perpetuamente outras.
Que o sumo dessas ânsias múltiplas me acenda nas veias
A lógica imponderável, o motivo incompreensível,
A justificativa obscura
De estar aqui.
É essa a panacéia que os alquimistas todos não encontraram,
A grande obra fracassada dos adeptos,
A pedra filosofal tantas vezes experimentada,
O círculo traçado em vão pelos necromantes na charneca,
A combinação dos nomes de Deus que os cabalistas não souberam,
As palavras que o Mestre não proferiu.

Só ele, esse fogo
Bêbado do viver, porque sóbrio não seria,
Acende, breve, no nosso coração monstruoso,
A indiferença de perder. Bálsamo único
Da evanescente vida.

Riremos perante a queda. Andaremos
Limpos até da loucura, como um visitante quieto num jardim de
                                                                                             [hospício.

Ignoraremos as feras. As feras inexistem, amarradas
Perversamente no tempo, como as cheias de palha, em posição de
[ataque, num museu.
Elas matam, mas não existem.
Fingem que não somos, mas não existem.
Mutilam, berram, mas não são mais que larvas
Desesperadas do que não deveria ser.
Há incêndios que parecem homens pelos becos, acendidos
Por uma fagulha involuntária.
Devoram o que puderem, apagam-se
De uma hora para a outra, e há uma paz esfumaçada que se eleva
Da poça enegrecida que restaram.

Outros, multidões, passam como bonecos
Grosseiramente esboçados pela mão do acaso.
Ei-los gritando, em rodas,
Quando os postes se acendem e as pombas se recolhem.
A glória luminosa dos cafés tatua-lhes a pele, em suas calvas
A opaca noite sem astros se reflete. Nos seus olhos
Animalescamente de hoje, a vida não passou.

Rolam dentro do Monstro, sem nunca supô-lo.
Avaros com a dor, com o amor anêmicos, respingam as paredes
Com sombras apressadas. Ah! floresta gorda de tantas árvores
Andantes como nós. Nós, antes de sermos, fomos a clareira
Primordial onde seríamos.

Levamo-la ao pescoço, imperceptível, entre as cotoveladas,
As piadas, os perdigotos, os beliscões e as tosses
Da ebulição suada das calçadas.
Estar aqui. Estar aqui. Não virá disso,
Meus adorados irmãos, a espantosa chegada da alegria.

Mas eu (que não existo) os amo, amo até a isto.
Espero, quem sabe, uma grande função de seus papéis nesta peça
                                                                [desastrada.
Há quantos séculos no salão tedioso, voltados para o mesmo palco,
Assistimos à mesma farsa. Haverá cidade lá fora?
Batemos nas portas. O porteiro desapareceu. O guarda-casacas
                                                                  [extraviou-se.
O baleiro não chegou. Batemos, ninguém abre.
E lá do palco chega-nos o texto que continua, o mesmo, o mesmo,
E as cadeiras que rangem, e o lustre que ilumina a platéia estática.

Espremo o sumo da vida
Como um bêbado industrioso que prepara um coquetel nunca provado.
Fito meus velhos rostos antes da queda, com mais cabelos, com
                                                                 [menos ríctus,
As formas mais firmes onde a dissolução não ensaiara ainda o seu
                                                               [pincel fantástico,
Chamo-os, como a estranhos, como a parentes talvez,
Para a participação na grande coleta de visões,
E tudo é tão pouco. (Quando, no quarto da empregada,

Violava as malas vetustas onde os despojos da dor foram sepultados
Quanto frêmito! O sangue disparado
Transmuda-se depois em folhas amarelas. E ao fim de tudo
Algum filatelista, surrupiando os envelopes, arranca os selos com
[benzina,
E a ânsia humana fica lá, mais desprezada ainda, entre as traças
[rendeiras
E as aranhas matriarcais que se inteiram de tudo.)

Chamo-os pelos nomes, os outros agora, com as faces que conheci.
Flutuam na luz de um dia, de onde acorrem imediatamente,
Os principais, os acessórios, os que são puras vinhetas, ouço os seus
[nomes
Soando no caramujo do crânio em que não estou:
Bosco, Sílvio, João... Aparecem de cada esquina
Como se chegassem para um jantar. Vanderli, o ator transformista,
Pedrinho, o segurança assassinado, mais umas tantas mulheres quase
[anônimas,
Mais um pitoresco cujo nome se perdeu, mais uns alcoólatras
[arruaceiros,
Surgem todos no terreno livre da praça iluminada. E se às vidas todas
Eu lançasse, eu pudesse lançar um igual chamado,
Que multidão tomaria a cidade adorada? Onde encontraríamos
Espaço para os presentes? Minha avó acorre também, D. Alzira,
[Antônia,
Outro reino é esse que chega. Ah! torre alta como de uma catedral,
Mais alta que a maior das catedrais, de onde eu me debruço,

Eu tão longe da senectude ainda, eu que não existo. Vertigem tenebrosa
A que os dias criam no nosso próprio corpo,
Espelho alucinado, grávido ao revés do que já nos deixamos.
Tornamo-nos poços, poços profundos. Lá no fundo, numa água que
[mal se percebe,
Quantas faces nos espiam. Vemo-las, elas olham para cima,
Mas quem sabe — e de onde — se elas nos podem ver?

Encharco-me, como uma estopa, da existência disso tudo.
A dor fica pequena perante esta pletora. A frustração é nada.
Tanta, tão grande, tão alta frustração sobe de toda a terra até os céus
Como uma vegetação impetuosa
Que tudo que seja de um só parece ínfimo, corriqueiro, à toa.

Antes a frustração dos travestis sem seios e sem nádegas.
A da criança cuja mãe fugiu. A do futuro doutor que terminou nas
[vendas.
A do que nasceu num palacete e acabou num quarto-e-sala.
A do corneado pela mulher mais nova. A do enganado pelo sócio.
A do menino cujo balão de gás fugiu para o espaço, impiedosamente.
[A do talentoso
Violinista precoce que se aposentou numa repartição pública. A do
[cachorro
Fitando pelo vidro as galinhas dançantes a suar.

Dor, ordinária dor, dor sem grandeza nenhuma,
És tu que escorres pelos prédios, onde julgam que é a umidade,
És tu que carcomes os carros, sob forma de ferrugem,
E mirras as plantas nas janelas que pensam que esqueceram de regar.
Que ardor estranho de viver despertas, dor insignificante,
Estampada nas caras dos cachaceiros aos domingos,
Atiçada na discussão a faca de dois ambulantes numa esquina,
Macaqueada pela cena deprimente do maluco que tira as roupas no
[meio da praça
E segue entre os assovios sem fazer um gesto, sem um trejeito, sem um
[esgar.

(Não apelo para a vida
Real, nem preciso dela, a que realmente existiu.
Seria covardia. Aqui prossegue Giotto pintando a vida do Poverello.
Aqui Bach termina a *Missa em si menor*. Exatamente aqui Beethoven
Põe na pauta o antepenúltimo quarteto. Aqui levantam
As seis virgens do Erectéion. Neste instante, e aqui,
No ventre do Monstro
E, fora dele,
No nosso triunfante coração.
Seria covardia. Tão acima da vida é a luz divina
Que é com a vida *vida* que nos desafia a turva
Interrogação das horas
Para que ateemos o absurdo incêndio da alegria.
Como de dois seixos que se chocam
Salta a semente do raio, só com o pouco

Da terra acenderemos a luz
Perfeitamente nossa que se esconde.)

Mira-te no espelho, o teu
Professor de ataraxia.
Tua alma é o cabide do teu eu. Repara, de dentro, as vestes
Que são tuas feições.
Carregas por aí um personagem que batizaram com o teu nome
Mas quando são seis horas,
Quando, no ângelus, sai das rádios dentro das lojas a roufenha *Ave*
[*Maria,*
E alguns sinos estalam no alto, de algumas torres atrás das antenas,
É teu eu que os ouve? Ou fitas nos olhos dos transeuntes, que se
[levantam,
O sinal da mesma coisa, bem como no cão que estira as orelhas e
[despeja as pulgas?

Ah! desejo desesperado de não ser mais isso, de ser mais do que isso,
De pendurar por um instante ao menos o escafandro outorgado da
[própria vida
Em qualquer gancho que apareça. Homens, o que vos resta? A ansiada
[cópula
É o prego enferrujado que sobrou, onde atirar a fantasia insuportável.
Ali então sem nome, ali então sem eu, ali então sem dívidas
Nem família e infância, por alguns minutos. Ah! ser o animal
De outrora, para quem o olfato existia. Espojar-se na matéria originária

Do descontrolado sonho. E então levantar-se frio, e retirar do prego
Agora real do hotel baratíssimo as roupas reais,
Mais leves, mais breves que as outras,
E retornar à cidade impiedosa, com rosto novamente, outra vez com
[nome, ouvindo dentro
A tediosa voz tua que te fala desde que surgiste.

É preciso olhar para tudo
Com placidez absoluta.
Ouvir os rumores dos insetos e dos ratos que labutam sob o chão
Bem como o estrondo de um alfinete que cai do outro lado do mundo.
Perceber o redemoinho da água suja num tanque que se esvazia muito
[longe,
O último acorde de uma cigarra ao meio-dia antes de estourar,
As rodas de um caminhão de madeira que um menino arrasta num
[educandário,
A tosse de um ancião internado pela família a interrogar o crepúsculo,
O tique-taque solidário de todos os relógios do planeta, e o estalo dos
[que param,
O arrastar das chinelas sonâmbulas no pátio branco do manicômio,
A oração compulsória do condenado à morte no alvorecer do dia exato,
A gota
Que pinga há milênios da penugem calcária de uma gruta
Enquanto lá fora acontecia,
Numa fração de sua existência,
A ensangüentada história dos construtores do mundo.

Há algo,
Uma maravilha,
Que precisa se acender nos nossos olhos para permanecermos aqui.
Uma luz mais espantosa que a das lâmpadas inextinguíveis nos
                              [túmulos dos mártires,
Mais ofuscante que a das vestes do mestre no Tabor,
Mais inexplicável que a dos lumes sacros nos mastros entre a
                              [calmaria,
Mais ansiada, no deserto à noite, que a das tochas sobre os muros da
                              [Cidade Santa
Após a peregrinação interminável.
Uma mirabolante, onírica, fantástica
Maravilha:
Estar
Aqui.
O que não poderia acontecer,
O que nada justifica nem explica,
O que jamais demonstrou motivo, conveniência ou finalidade,
O que é um absurdo, uma invenção, uma mentira,
Uma impossibilidade sem limites,
Uma bravata talvez,
Uma pilhéria,
O portentoso espetáculo, a função que não termina, a festa
                              [apoteótica,
A mais luminosa das miragens, a prestidigitação mais intrincada,
A fantasmagoria imensurável, a máxima extravagância, a bizarria
                              [alucinante,
A maravilha

Entre as maravilhas todas,
Existe, aqui,
Nos nossos olhos:
O mundo,
O turbilhonante mundo onde não tocamos, impedidos pelo Tempo,
O plácido Monstro
Feito de tudo o que existiu, que é o nosso enorme coração.

Com esta luz de embriaguez atravessaremos todas as estepes
Onde se alastra a dor e o amor se enreda.
Bêbados deste excesso rolaremos às tontas
Entre as muralhas do obscuro
Até cairmos, frios, inadvertidamente,
À porta do Mistério,
A sem porteiro, a de onde não respondem,
A que talvez não exista, a por onde entramos talvez.

Maravilha, beberagem milagrosa dos nossos olhos sedentos,
Repletos de sua visão nos esgueiraremos entre as feras e os fantasmas,
As bestas não nos ferirão, ainda que nos matem,
Os rostos que não deveriam voltar, uma vez retornados, não
                                 [assombrarão nossas noites,
Abraçaremos com frêmito os esboços aleatórios que nos atropelam,
Fitaremos extasiados tudo o que exista, por existir.
E tudo o que cai, cairá na harmoniosa
Coreografia dual desta cisão fantástica.

Nosso nome
Como uma roupa obrigatória cobrirá, mas frouxamente,
Este báquico furor dos entes todos.
Meus mortos, de um mim que não existe,
Como pude sonhar um dia vos despir dos vossos galardões de mortos,
Degradar-vos publicamente, arrancando-vos todas as insígnias da
[vossa ausência,
Como a um soldado traidor no quadrilátero das tropas?
É assim que vos quero. Hoje é assim que vos quero.
Com os olhos cheios da maravilha consigo fitar-vos
[convenientemente.
Como vos privar da mais alta condecoração do amor, aquela que vos
[foi dada
Pela própria distância intransponível?
Lá buscaria eu vos empobrecer, vos saquear,
Como a uma criança de um brinquedo recém-dado,
A pátina molhada que vos orvalhou os rostos na moldura de meus
[olhos?

Que todos apareçam,
Que compareça tudo
Na praça central da embriaguez,
Centro da cidadela do Mistério
No coração do Monstro, que é o nosso
Coração.

Que falaremos da vida? Isto, muito além das palavras.
Velho mendigo que flagrei no mais inconveniente ato
Na esquina alterada de há muitos anos, és uma cintilação
Nisto que nos ofusca, a maravilha.
Teus trejeitos e gritos, ator transformista Vanderli,
Há tanto submerso numa tarde calma,
São um átomo que brilha na visão que nos tonteia.
Ambos vós seguis para um palácio majestoso
De nome *Esquecimento*, a largos passos,
Apinhado castelo, onde pelas vidraças entrevemos vultos,
Mas aqui,
Onde tudo é, onde o tempo é apenas um espaço, não um furto,
Uma renúncia, não uma sentença,
Estais, estais perpetuamente, nem nunca vos cobrirá
A colcha noturna do oblívio.

Atravesso entre todos a praça repleta, a praça do tamanho da terra
E em todos os olhos que fito, eu que não sou,
Os ínfimos que conheci, os infinitos onde tremula o mar obscuro,
Em todos reconheço, esbarrando em muitos, tropeçando tonto —
Como se fossem todos cacos minúsculos de um espelho que se
                                     [quebrou —
A irradiação de uma só luz, a maravilha,
Como a palidez de uma única lua se incende ondeante em todas as
                                            [águas.

Enredo-me obscuro entre essa multidão noturna,
Branca, branca noite, como feita de gelo.
Os que vendiam sorvetes na minha infância, os carregadores de
[móveis,
Os agiotas viscosos, as cozinheiras contadoras de histórias,
Os indolentes varredores das ruas, todos passam à minha volta
E não me conhecem. Todos se esbarram e vêem sempre outra coisa,
Fitam sempre uma outra coisa, indiferentes ao fulgor gélido de cada
[face.
Todos são um eu. Todos se julgam um eu. E nesta festa fantástica
Onde só as cascas do ser comparecem ao inaudível chamado,
Onde são roupas que andam, não homens (que já não existem),
Eles desfilam cegos, cegos exatamente como foram, e é talvez de cegos
Esse alvo brilho idêntico de cada olhar.

Passa, humanidade, batizada sem sabê-lo nas águas da escoante
[maravilha,
Evolui à minha volta, centro momentâneo que não o é.
Nada poderia existir. A dor acabou. Não há palavras a serem ditas.
Não quero palavras, quero a visão. E essa vertigem dos rostos que não
[tive,
Dos quartos onde não entrei, das roupas que não vesti,
Dos móveis não polidos pelo meu corpo, dos lábios não conquistados,
Das armas não erguidas, dos périplos não feitos, dos filhos não tidos,
Esse gemido confuso de negativas num murmúrio contínuo
Onde se enlaçam e se geram as línguas todas do mundo,
Sussurra ao meu ouvido: o grande sonho.

Eu,
Fragmento bípede do acaso,
Eu, majestaticamente indiferente à minha própria história e a seu
[desfecho,
Eu, fantasia de um Carnaval de todos os dias que o absurdo arrasta
[entre as portadas,
Vou bebendo, na praça milagrosa
Da assustadora festa do que foi,
O vício ofuscante,
O incompreensível,
Insidioso, embriagador, inelutável,
Estranhíssimo vício de viver.

Ei-lo, um soberano, para ele
Todas as gangrenas são púrpuras, os excrementos
Não se aplainam sob seus pés de bailarino.
Dança nas enfermarias terminais como uma criança,
Salta invisível sobre as essas alugadas por seis horas,
Desfila monumental pelos corredores vazados das casas de cômodos,
[pelos albergues,
Pelas cenas dos crimes, pelas detenções, pelos isolamentos tetânicos.
Em seus olhos, que não são espelhos,
Em seus olhos deslumbrados, uma fulguração
Única, a maravilha
De algo existir. E tudo.

Ele é o mestre de danças no meio da praça reverberante.
Faz um gesto, e as legiões obedecem ao seu ritmo.
Outras chegam sempre. Era isso a ser dito. Lá vejo meus avós
Que se deslocam com a multidão. Ali aquela mulher de quem nem
                                              [lembro o nome,
Perfeita como um cânon. Lá meu amigo sábio. Além o chinês que
                                              [vendia canetas de ouro.
Em volta todos os povos de todas as épocas, e as almas iluminadas, e
                                              [os patifes.
São suas cascas que dançam, no coração do Monstro. Uma loja de trajes?
Em seus olhos, que não vêem, brilha a mesma luz. Mas os que vêem,
Que luz enxergarão? Lá está, na rua aonde tudo converge, a imensa
                                              [porta.
Mas só aqui nos interessa. Terá voltado o porteiro? Ouvirá nossas
                                              [mãos que batem?
Sigo no torvelinho. É preciso viver. É a maravilha, insubstituível, que
                                              [nos ilumina.
É preciso viver. E dançamos. E o mestre-de-cerimônias comanda a
                                              [farândula
Dos que o tempo deserdou, purificando-os, dos que nunca tocaram
                                              [com os dedos
Em coisa alguma que já não fosse passada em relação à que os seus
                                              [olhos viram primeiro.

Dançamos. Dançamos. Ei-las, as boas palavras.
Ei-la, a embriaguez.
É preciso segurar a mão de alguém, para não perder-se o fluxo.

Olho para um lado,
Olho para o outro,
E seguro na destra do ancestral
Espectro hirsuto e loquaz
Da esquina anulada de Relação e Inválidos, há muito tempo.
Seguimos de mãos dadas. O seu nome
Será sempre um dos mistérios absolutos, e dançamos.
A outra dou ao extinto ator caricato. Nos seus olhos,
Nos olhos de ambos,
Com a mesma expressão, a maravilha.
Roçam-se em mim, incontadas, as vidas todas — e as vidas de cada
[vida. —

Esta é a embriaguez. Tomai e bebei todos vós.
Fulgura uma grande luz. Todos dançamos
Perante a porta.

15 – 24.1.1997

Sumário

O pólo dionísico
Miguel Sanches Neto
7

Entusiasmo
17

Este livro foi impresso na cidade do Rio de Janeiro em novembro de *1997*,
pela gráfica Editora Lidador Ltda. para a Editora Topbooks.
O tipo usado no texto foi Stone-Print Roman em corpo *13/17*.
A diagramação do miolo foi feita pela MIL Editoração.
Os fotolitos do miolo foram feitos pela Art Line Produções Gráficas Ltda.
O papel do miolo é Bold *90* g. e o da capa Cartão Supremo *250* g.